KB209779

고래가 온다

시 읽는 어린이 155

고래가 온다

2024년 11월 10일 1판 1쇄 인쇄 / 2024년 11월 20일 1판 1쇄 발행

지은이 홍재현 / 펴낸이 임은주
펴낸곳 청개구리 / 출판등록 2003년 10월 1일 제2023-000033호
주소 (12284) 경기도 남양주시 다산지금로 202 (현대 테라타워 DIMC) B동 3층 17호
전화 031) 560-9810 / 팩스 031) 560-9811
전자우편 treefrog2003@hanmail.net
네이버블로그 청개구리출판사
인스타그램 treefrog_books

북디자인 서강 / 일러스트 백주현
출력 우일프린테크 / 인쇄 하정문화사 / 제책 상지사P&B

Comes the Whale

Written by Hong Jaehyun. Illustrations by Baek Juhyeon.
Text Copyright © 2024 Hong Jaehyun. Illustrations Copyright © 2024 Baek Juhyeon.
All rights reserved.
First published in Korea in 2024 by CHEONGGAEGURI Publishing Co.
Printed in Korea.

ISBN 979-11-6252-138-0 (74810)
ISBN 978-89-97335-21-3 (세트)

● KC마크는 공통안전기준에 적합하였음을 의미합니다.
● 이 책은 친환경 재생용지를 사용해 제작하였습니다.

춘천문화재단 이 시집은 2024년 춘천문화재단 전문예술창작지원 지원금으로 발간하였습니다.

시 읽는 어린이 155

고래가 온다

홍재현 동시집   백주현 그림

청개구리

삐악삐악! 간질간질!

학교 앞 골목길에 한 아주머니가 병아리를 팔았던 적이 있었다.
"귀여워!"를 연발하던 친구들은 50원, 100원을 내고 앞다투어 병아리를 사 갔다.

사고 싶은 마음이야 굴뚝 같았지만 나는 한 번도 병아리를 사지 않았다.

이유는 많았다.

금방 죽을 테니까, 엄마한테 혼날 것 같아서, 한 생명을 돈을 주고 산다는 게 꺼림직해서,

똥 치우고 오줌 치우고 할 게 귀찮아서.

아니나 다를까, 며칠 뒤부터 친구들은 줄줄이 병아리가 금방 죽었다며 아쉬워했고 나는 나의 선택이 옳았음에 우쭐했다.

아주 많은 시간이 흘렀다.

이따금 나는 한 번도 키워 본 적 없는 병아리가 생각난다. 삐악삐악 소리가 들리는 것 같고, 까만 구슬 같은 눈망울이 보고 싶고, 급기야 두 손에 전해지지 못했던 온기가 그립다.

그럴 때면 여기 저기가 많이 간지럽다. 머리를 긁적긁적, 다리를 벅벅 긁어 본다.

그래도 가렵다.

노트를 꺼내 연필로 가려운 생각들을 긁는다.

사각사각사각

간지럽던 마음을 긁었더니 동시가 나왔다.

병아리가 뒤뚱거리고, 고래가 하품을 하고, 할아버지가 검은 봉다리를 흔들며 마중 나오는 이야기가 공책 한가득 채워졌다.

여전히 병아리는 꿈속에서 삐악삐악한다.

이 동시집을 펼친 너도 너의 병아리를 놓치지 않길.

아마 나는 죽을 때까지 간지러울 것 같다.

2024년 가을
홍재현

차례

2부 하수구 민들레

4 부 나팔꽃의 자백

재미있는 동시 이야기

1부

고래가 온다

지렁이

비가 오니까
학교 가는 길바닥에
지렁이가 천지다
"으악! 징그러워!"
애들이 난리다

해 뜨니까
집에 가는 길바닥에
지렁이가 그대로 말라붙어 죽어 있다
"불쌍해!"
애들이 난리다

징그러워와 불쌍해가 딱 붙어 있는
난리와 난리 그 사이 어디쯤
쪼그리고 앉아서
지렁이만 보았다

아무 말도 못 했다

새 신발 신고 학교 간 첫날

새 학년 첫날
새 신을 신고 학교에 갔다
새 신을 신은 뒤꿈치가 까졌다
아직 내 발을 모르는 내 새 신발

새 짝과
왼쪽 오른쪽 신발짝처럼
나란히 앉았다
모르고 팔꿈치가 스친 건데 째려본다
마음 뒤꿈치가 까진 것 같다
아직 나를 모르는 내 새 짝

왼쪽 오른쪽 운동화처럼
매일 매일 붙어 다니면
마음 뒤꿈치 상할 일 줄어들겠지?
오래된 운동화처럼
편해지겠지?

올바른 지우개 사용법

가장 친한 친구부터 지운다

친구랑 싸우고 울고 있는 동생을 지우고
가족과의 단란한 외식도 지웠다

티비에서 나오는 심각한 뉴스를 지우고
마지막 엔딩만 남겨 둔 게임도 지웠다

시험이란 지우개로
박박
다 문질러 지운다

용감한 녀석

도서관에서 숨죽이고 책 보는데

나보다 두 살 정도 어려 보이는 애가

툭툭툭
걸어오더니

탁
책을 펼쳐 놓고

깔깔깔
웃는다

만화책 본다

선생님, 시험 점수

선생님,
이번 시험 점수는요
60점이에요
제가 아니라 선생님이요

제가 공부한 거
10개 중에 6개밖에 못 맞추셨어요

다음 시험에는
제가 뭐 뭐 공부했나 다 맞춰 보세요

딱 10개만 외울 거니까

고래가 온다

은하수
물결을 헤치며
고래가 온다

펑펑
터지는 폭탄들
뿌연 연기에 갇힌
지구를 삼키러
고래가 온다

"꾸울꺽"

고래 배 속에 갇힌 사람들이
그제야 피노키오처럼 울부짖으니
불타던 지구가
사람들의 눈물로 식는다

어디다 뱉어 줄까
입안에서 지구를 굴리며
고래가 헤엄쳐 간다

웃음 근육

사람 얼굴에는 약 43개의 근육이 있고
만들어 낼 수 있는 표정은 7,000여 개
웃는 표정을 위해서는 약 17개의 근육이
필요하다고 한다

이 근육의 움직임을 지배하는 것은 신경인데
그중 입꼬리올림근이라는 근육은
단 하나의 신경에 연결되어 있다

너에게 신경이 쓰일 때마다
내 입꼬리올림근이 올라갔다 내려갔다
불수의적으로 움직이는 걸 보면 알 수 있다

삐딱선

뿌우~
삐딱선이 출발합니다!

시키는 대로 하기 싫은 사람
이것도 저것도 다 마음에 안 드는 사람
모두 모두 타세요!

뿌우~ 뿌우~
모두 다시 내려요

타랬다고 냉큼 와서 타는 사람
삐딱선 탈 자격 없어요~

일요일 아침 눈치싸움

1
오전 아홉 시 삼십 분
엄마는 아직 잔다

살금살금 발가락으로 걸어가
몰래 게임기를 가지고
후다닥 내 방으로 다시 돌아온다

게임기를 사알짝 켜고 소리를 죽인다
따악 한 판만
엄마 깨기 전까지만

2
오전 아홉 시 삼십일 분
아이가 깼다

살금살금
거실을 가로질러 방으로 후다닥
뛰어가는 발소리가 들린다

인기척을 죽이고 이불 속에 숨는다
따악 오 분만
엄마! 부르기 전까지만

모범 오토바이

부릉부릉
시동을 켜고 콧구멍 앞 정지선에 섰다

후루루룩 헙!
있는 힘을 다해 튀어나가려는 본능을 누른다

나 모범 오토바이
수업 끝 알리는 파란불이 켜지면 번개처럼 튀어나가리

딩동댕—동!
수업 끝!

흥! 시원하다~

응답하라! 두더지!

깜깜한 땅속
두더지 1호가 열심히 굴을 팝니다
깜깜해도 괜찮아요
어차피 두더지에게는 상관없어요

깜깜한 땅속
두더지 2호가 열심히 굴을 팝니다
깜깜해도 괜찮아요
어차피 두더지에게는 상관없어요

영차 영차
앗! 두더지 1호와 두더지 2호가 딱!
마주쳤지 뭐예요!
깜깜한 땅속에서요

놀랐겠지?
싸웠을까?
말이 통했을까?
깜깜한 땅속에서 둘이 서로 알아봤을까?

"친구야!"
"동무!"

그럼요, 그럼요
둘이 바로 통했데요!

오해

"2월 3일 횡성 소방대 119 구조대는
지붕 위에 멧돼지로 추정되는 동물이 올라가 있다는
신고를 받고 출동하였다."

멧돼지로 오해받은 그 동물이 기분 나쁠까
멧돼지가 기분 나쁠까

"구조대원 8명이 출동하여 확인한 결과
멧돼지가 아닌 산양으로 확인되었습니다."

산양은 한 번도 멧돼지인 척한 적이 없었다
8명이나 출동했다는 것은 중요한 것이 아니다

"천연기념물 217호 산양 등장!
암벽으로 이루어진 지역에 사는 동물이라 그런지
지붕 위에 올라가 있네요."

지붕은 암벽이 아니다
그쯤은 산양도 안다
산양은 몰랐다
자기가 천연기념물이었다는 것은

"다행히 다친 곳은 없고, 탈진으로 체력이 고갈된 상태여서
강원대학교 야생구조센터로 보내졌습니다
야무지게 사과도 얻어먹었습니다."

탈진한 것은 맞지만 사과를 얻어먹기 위해 온 것은 아니다
집이 어디냐고 한 번쯤 물어봐 주는 게 예의 아닐까

"멸종 위기의 산양이 마을을 찾은 것은
마을에 좋은 일이 생길 징조라고 주민들은 입을 모아 말했
습니다."

지붕 위에 올라가긴 했지만 일부러 마을을 찾아온 것은 아
니다
산양의 불행이 어떻게 마을의 좋은 일이 된다는 말인가
이 모든 일에 대해 산양은
한마디도 하지 않았다

강원도 공식 블로그《멧돼지로 오해받은 산양 구출!》
https://blog.naver.com/gwdoraeyo/222638512504

금요일을 오르다

자, 등산을 시작해 볼까?

                    음 휴
                    그

              목
          수   토
      화
  월   일 쿵, 다시 월

32

하얀 토요일 아침

하얀 종이 한 장

무얼 그릴까
무얼 써 볼까

아무것도 없는
아직 하얀 종이 한 장

누굴 그릴까
누굴 지울까

생각만 가득한
하얀 토요일 아침

이불 속

2부

하수구 민들레

플라스틱 물통의 꿈

꿈이라는 게 꼭
쓸모가 있어야 되는 거냐

나는 이미 한 번 버려졌어
아무도 날 찾지 않았지

하수구 물속에 잠겨 있던 날
위로해 준 건 검푸른 녹조뿐

그래도 나 꿈을 꾼다
재활용으로 다시 태어나겠다는
바람직한 꿈 따위는 아니야

저 멀리 어딘가 있다는 바다로
물고기처럼 한 번 가 보고 싶다

안 되냐?

레벨 업의 조건

바지를 걷어 보시겠습니까?
혼자 뛰다가 넘어져 생긴 상처 두어 개
다섯 살로 레벨 업
축하합니다

꽉 닫아 놓은 마음 뚜껑을 열어 보시겠습니까?
혼자 울다 죽고 싶어 할퀴었던 상처 두어 개
열다섯 살로 레벨 업
축하합니다.

하수구 민들레

"면회요!"

철창 밖으로 삐쭉
민들레가 고개를 내밉니다

"어쩌다 어린 나이에 철창 안에 갇혔니?"

날았어요
바람이 불었거든요
그랬더니 나한테 이름을 지어 주데요
비행 청소년이라고

"저런……."

더 웃긴 게 뭔 줄 알아요?
이제 와서 나보고
희망이래요

철창 안에서도 꽃을 피웠다고

"앞으로 어쩔 거니?"

날아야죠
바람이 부니까

사라진 노래들이 모이는 곳

노래를 부르다가
문득 궁금해졌어

그동안 내가 불렀던
수많은 노래는 다 어디로 갔을까?

바람을 타고 창밖을 빠져나간 건 봤어
다른 노래들과 휘휘 섞여서 회오리바람처럼
들판을 가로질러 옆 마을로 갔겠지

한 소녀를 만났을 거야
울고 있던 그 애 귓가에 닿았을 거야
들썩이는 어깨에 지그시 앉았을 거야
조용히 심장에 스며들었을 거야

사라진 노래들은
누군가의 심장에 모여서
팔딱팔딱 또 다른 비트로 살아나
춤을 추고 있을 거야

섬

나는 마음속에
작은 섬을 하나 키운다

그 섬은
어릴 땐 아주 작았는데
갈수록 커지는 것 같다

어떻게 아냐 하면
어릴 땐 섬 한 바퀴를 금방 돌았다
슬픈 마음도 한 바퀴 만에 사라졌다

그런데 갈수록
슬픈 마음 흘려보내려고 섬을 도는데
걸어도 걸어도
한 바퀴를 다 못 돈다

그래서

아 섬이 자랐나 보다 한다

코코아 처방전

한겨울처럼 꽁꽁
얼어붙은 마음에
코코아 처방전

자, 묵직한 코코아 컵에
케케묵은 걱정 가루 세 숟갈
푹푹 퍼 담고

따끈하게 데운 우유를
콸콸 부은 다음

마시멜로처럼 끈적한
고민도 동동 띄워

숟가락으로 휙휙 젓고
후후 불어

호로록 호로록
호로로로록

반딧불이가 나에게

반딧불이는
밤이 무섭지 않다

작고 보잘것없어도
자기만의 불을 가지고 있으니까

그 밤
나는 반딧불이를 만났다.
아무것도 할 수 없다고 생각했던 그 밤
가까스로 문을 열고 도망칠 용기만 남아 있었을 때
동네 놀이터 벤치에 누워 있던 내 앞에
반딧불이가 나타났다

춤을 추었다
불꽃처럼 흔들리며 날았지만 꺼지지 않았다
그 작은 불을 마음껏 뽐내고 있었다
그 질긴 불을 내게 보여주며 물었다

너의 불은
어디에 있냐고

반딧불보다 작고 작아진 나는
반딧불보다 큰 눈물을 흘리며
흔들리고 흔들렸다

정상의 범위

산에 오르면
정상을 향해 가는 것이
정상

정상으로 가는 길은
험난하고 가파르고
힘들지

정상으로 가다 보면
목마르고 땀나고
짜증나지

정상으로 가는 길에 만난 사람들은
죄다 거짓말쟁이들
"다 왔어요! 금방 가요"

정상에 올라 보니
정상은 참 좁지
둘이 서기도 힘들지

정상에 올라 보니
정상 아닌 모든 것은 다 비정상

혼자 우쭐하지
그러다 알았지

정상 아닌 비탈에도 똑같이
바람 불고 해 들고
새소리도 들린다는 걸

정상은 참 좁지
그러고 보니
혼자만 정상인 건 참 외롭지

방문의 고백

내가
감춰 버렸다

울음을
몸부림을

내가
닫아 버렸다

외로움을
고통을

나 때문에
네 울음, 아무에게도 들키지 않았지만

나 때문에
네 고통을, 아무도 몰랐다

아침이 되기 전
나를 열고 누군가 몸부림치는 너를 발견하기를
나는
빌었다

네게
알려 주고 싶었다

내 뒤에
밤새 한 사람, 우두커니 서 있었음을

보물찾기

필통 속에 하나
계절 지난 잠바 주머니에 하나
서랍 구석에 하나
사물함 책들 사이에 하나

몰래 숨겨 놓은 초콜릿 하나

오늘처럼 불쑥 슬픔이 찾아온 날
꼭꼭 숨겨 놓은 초콜릿을 찾아

딱 그만큼만 우는 거야
초콜릿이 다 녹을 때까지만

마음도 컸어

나는 3학년이 된 지금도
벌레가 너무
너무너무 너어무 무섭다

어느 정도냐 하면
자전거 타다가 손에 붙은 거미 보고 놀라서
비틀거리다가 넘어졌는데
넘어진 다리보다 손에 남은 거미 느낌이 백배 더 싫을 정도

엄마가
"나이가 몇 살인데 아직도 벌레가 무서워!
몸만 컸지 아직 애다 애!"
하시는데 억울해

마음도 컸어
벌레 무서워하는 마음도
몸이랑 같이 컸어

그네가 있는 오후

탕! 닿지 않는 발끝을 굴렀지

하늘 끝까지 그네가 솟구치고
손을 놓을까 하던 찰나

휙! 떨어지는 그네에 놀라
줄을 꽉 움켜쥐었다

점점 짧아지는 포물선이
마침내 하나의 점이 되는 순간

집에서 멀어지고 싶은 마음은
나도 모르게
다시 한 번 닿지 않는 발로 땅을 밀고

부르는 소리도 없이 붉어진 놀이터의 하늘

그 하늘로
다시 그네가
솟구쳐 오르는 오후

대신

두 눈을 마주보기 무서워
입을 열기 무서워
소리내기 무서워
무섭다고 말하는 게 무서워

대신

인상을 썼어
눈을 삐뚤게 뜨고
욕을 하고
문을 쾅 닫았어

눈 같은 17번

우리 반 17번은
눈 같은 아이였다

소리 없이 내리고
소리 없이 쌓이는 눈처럼
어느 날 소리 없이 녹아 사라졌다

아니다
뽀득 뽀득 뽀드드득
밟힐 때마다 나던 소리
그 아이가 낼 수 있었던 유일한 비명

밤새 소리 없이 내린 눈을
뽀득뽀득 밟으며
학교에 간다

교실에 들어가기 전 발을 탁탁 턴다
17번은 생각하지 않는다

3부

싫어의 무게

손톱 자국

누가
밤하늘을 꽈악 잡고 있나 보다

까만 밤하늘 손바닥에
하얀 손톱자국

꾸욱 참고 또 참고
밤새 참았나 보다

새벽이 다 되어서야
꽉 쥐었던 주먹을 풀었다

허연 손톱 자국에
바알갛게 피가 돈다

깨 뿌리지마

나는 다섯 살 때 벌써 알았다
엄마가 음식을 망치면
대충 깨를 뿌려 맛있어 보이는 척한다는 것을

열다섯 살 때는 다 알았다
엄마가 전화로 이모한테 내 흉보다 걸리면
대충 "사랑해" 한다는 것을

오늘 아침 현관문을 열고 나오는데
엄마가 또 깨를 뿌린다
밤새 게임한 거 다 알면서도

"믿는다"
깨를 뿌린다

싫어의 무게

아빠가 "회사 가기 싫다"
하거나

엄마가 "밥하기 싫다"
할 때는

아무 일도 일어나지 않는데

형이 "학교 가기 싫어"
한마디만 하면
집안이 발칵 뒤집힌다

엄마는 선생님, 친구들, 상담소
분주히 여기저기 전화를 걸고
아빠는 수많은 질문을 삼킨 채
끊었던 담배를 다시 찾는다

세상에서 제일 무거운 공기로 가득찬
집이 된다

나는 방문도 못 열겠다

아기 장수의 전설

옛날 옛날에 금병산 밑 장수골이라는 마을에 한 아기가 태어났대

'아이구머니나, 이게 뭐야' 갓난아기를 안은 엄마는 깜짝 놀랐어

아기 등에 조그만 날개가 돋아 있었던 거야

날개가 달린 불길한 아기라는 소문이라도 나면 마을 사람들이 가만두지 않을 텐데

'아무에게도 들켜선 안 돼.' 엄마는 아기의 작은 몸통을 붕대로 꽁꽁 싸맸어

이따금 답답하다고 칭얼거리긴 했지만, 꽁꽁 싸맨 붕대 속에서도 아기는 무럭무럭 자랐단다

"엄마, 이 날개는 무얼 하는 거예요? 나는 새처럼 날 수 있나요?"

어느 날 아기가 물었어

"아이야, 그건 날개가 아니란다. 그저 네 등에 달린 머리카락 같은 거란다."

엄마가 말했지

64

매일 밤 엄마는 아이의 날개 끝을 잘랐어

  어느 날, 검은 하늘이 둘로 쪼개진 듯 세찬 비가 쏟아부었지
  장수골 마을은 금세 물에 잠기고 말 것 같았어
  마을 사람들은 살려달라 아우성을 치기 시작했지
  아이는 날개를 펼쳤어 검은 하늘의 지배자처럼 하늘로 솟
구쳐 날아올랐어
  마을을 내려다보았지 울부짖는 사람들을 보았어 고개를
떨군 어머니를 보았지

  '내 날개는 붉게 물들었어요. 어머니, 당신이 매일 밤 내
날개를 자를 때마다. 눈보다 더 하얗던 날개를 그대로 가지
고 있었다면, 나는 당신들을 구했을까요.'
  아이는 붉은 날개를 펼쳐 검은 하늘 너머로 날아가 버렸어

  검고 붉은 깃털처럼 수많은 날이 흘렀어
  엄마는 매일 밤 날개를 펼쳐 보았어
  아이와 똑 닮은 자신의 날개를

엄마와 뱀

"끊어지면 안 돼.
길게 한 번에 깎는 게 포인트야!
봐봐!
오렌지가 뱀이 됐지!"
하고 엄마가 깔깔 웃는다

오렌지에서는 주황 뱀을 꺼내고
사과에서는 빨간 뱀을 꺼내고
배에서는 노란 뱀을 꺼낸다

사각 사각 뱀이 기어가는 소리

오렌지 한 알을 통째로 삼키고
이러지도 저러지도 못하던 뱀은
식탁 밑을 지나 안방으로 기어갔고

사과 한 알을 통째로 삼키고
이러지도 저러지도 못하던 뱀은
거실로 나가 티비를 보고 있고

배 한 알을 통째로 삼키고
이러지도 저러지도 못하던 뱀은
새 신을 사러 신발가게로 뛰어갔다

엄마가 뱀들을 다 풀어 줬다

심장의 자리

심장이 손바닥에 있었다면
그토록 찰싹 때리지 못했을 거야

심장이 입속에 있었다면
이토록 모진 말을 내뱉지 못했을 거야

심장이 가슴에 있지 않았다면
심장이 가슴에 있지 않았다면
좋았을까

너를 안고 두근거리는 내 마음도
이렇게 쉽게 들키진 않았을 거야

내가 하느님이었다면
어디에 심장을 꽁꽁
숨겨 놓았을까

할아버지 검정 꼬리

"에헴, 고놈! 또 왔냐!"

주말에 놀러 갈 때마다
한 번도 우릴 보고
웃지 않는 할아버지

그래도 난 알아요!
뒷짐진 할아버지 손 밑에서
달랑달랑 반갑게 흔들리는
할아버지 검정 꼬리

오늘은 고 검정 봉다리 꼬리 안에
뭐가 들었을까요?

가위바위보보보

가위바위보!

"아이구! 우리 손주가 할아버지 이겼구나!
장하다!"

'보' 만 내는 할아버지 손이 봄바람으로 변신
살랑살랑
내 머리 쓰다듬어 주고

다시
가위바위보!

"아이고! 이번엔 할아버지가 이겼네!
속상하지? 그래도 안 울고 기특하다!"

'보'만 내는 할아버지 손이 따스한 가을 햇살로 변신
토닥토닥
내 등을 두드려 주고

참기름의 힘

식당에 갔다
할머니랑 엄마랑 갔다
반찬으로 나물이 나왔다

"고춧잎을 잘 무치셨네!"
엄마가 말했다

"고춧잎이 아니라 비름나물이다."
할머니가 말했다

밥이 목에 콱 걸렸다

"고춧잎이랑 비름나물이랑 섞어 무쳤어요.
우리 집서 농사지은 나물이라 내가 다 알지요!"
주인아주머니 말이 참기름처럼 한 방울 톡 떨어지니

걸렸던 밥덩이가 쑥
내려갔다

곶감 할머니

"어머님, 애들이랑 이번 주말에 내려갈게요."

대청마루에서
깜빡 낮잠 들었던 곶감 할머니
화들짝 분통을 꺼내 든다

허둥지둥
뽀얀 분을 바른다

숨은그림찾기의 달인

"아이고, 이제 하나도 안 뵌다!"
하시며 티비도 소리로만 듣는 우리 할머니

해마다 봄이 되면 쌀쌀한 바람 뚫고
냉이며 쑥이며 잔뜩 캐 오시는 우리 할머니

숨은 봄 찾기의 달인
우리 할머니

가을 연두

빨강 노랑 단풍잎들 사이
쏘옥 고개 내민 새싹

안 춥나?
안 춥다!

빳빳이 고개 들고
흥얼흥얼 가방을 흔들며

한글 학교 가시는
울 할머니 같은

신나는
가을 연두

송충이

가르릉 가르릉

낮잠 주무시는 할아버지 코밑에
송충이가 한 마리

꿈 퓨퓨퓨퓨 틀
꿈 휘유유유 틀

헙!
큰일 났다

할아버지 하품하신다

제비꽃 떨어지면

제비가 열린다고 했더니

"그럼, 할미꽃 떨어지면 할미가 나겠네?" 하며
모두 웃었다

맞는데
할머니 무덤가에 할미꽃 피었다 떨어지면
꿈에
우리 할머니가 나오는데

나팔꽃의 자백

구름 도장

　　　참
자　　　알
　했어요

파아란 하늘에
구름 도장 쾅

하늘 한 번 쳐다보았을 뿐인데
칭찬 도장이 백만 개

초승달

애꾸눈 늑대
누굴 노리나

훠어이 훠어이

아기 양 잔다
아기 돼지 잔다

늑대야 늑대야
눈을 감아라

눈을 감지 않으면
남은 눈마저
잃으리

나팔꽃의 자백

새벽마다
나팔을 분 건 사실입니다

그저
토마토가 빠알갛게 잘 익어서
신이 좀 났었습니다

땅속 고구마가 잘 커 간다는 소식이 왔길래
기쁘게 알렸습니다

미안합니다
고라니 녀석이 온 동네 친구들을 다 끌고 올 줄은
꿈에도 몰랐습니다

고라니가 오면 나팔을 불라고 나를 심으신 줄
정말 몰랐습니다

한숨 쉬는 할아버지를 보며
자꾸자꾸 눈치 없이 뿌뿌
나팔만 불어서 미안합니다

꽃밥

철마다 도로가 화단에는
밥상이 차려진다

가슴이 허기질 때
마음이 고플 때
한술 뜨고 가라고
담아 놓은
꽃밥 한 그릇

할머니가 떠주신 고봉밥처럼
갖가지 꽃들로 넘칠 것 같은 꽃밥

"아빠, 창문 내려 봐,
꽃밥 한 숟갈 먹게."

만선

물거품도 없이
고요한 바다

하루 종일
파도를 타며
물고기를 기다렸다

물고기는
한 마리도
오지 않았다

뱃전에 누워 있던 선장이
그물을 거두어들이고
배를 돌린다

달빛이 한가득이다
만선이다

개나리의 전설

엄마 엄마!
이리와 요것 보세요!

개나리 꽃이 폈는데요
너무너무 시끄러워요!

쫑쫑쫑쫑 뛰어다니는
발자국 같아요

쫑쫑쫑쫑 뛰다가 뛰다가
하늘로 날아갈 것 같아요

아! 알겠어요!
병아리 발자국이었나 봐요

태어나지도, 한 번도 흙을 밟지도 못해
뽀얗고 노오란 병아리 영혼들이

하늘로 올라간
발자국들이에요

분홍 민들레

민들레 마을이 난리가 났어요
분홍 민들레 하나 피었거든요

얘는 도대체 누구지
우리 민들레 가문에 이런 분홍은 없는데
엄마 민들레는 노랑 눈물 뚝뚝 흘리고
할머니 민들레는 흰머리 도리도리 흔들고
아빠 민들레는 남이 볼세라
분홍 민들레 얼굴에 노란 꽃가루를 박박 문질렀어요

분홍 민들레는 생각했어요
나는 노랑 민들레가 아니야
진달래는 더더욱 아니겠지

그렇다면 찾아갈래
다행히 나는 날 수 있는 프로펠러가 있어
노란 꽃가루 따위 얼굴에 바르지 않아도 되는
분홍 민들레가 피어도 괜찮은 들판으로
나는 날아갈래

초록 심장

주먹만 한 심장을
두근거리게 하는데
손바닥만 한
초록 잎 한 장이면
충분해

교실 창문 밖
바람에 팔딱거리는
저 초록 심장을 봐

여름의 일

모든 초록을 지우고
고개를 숙이고
지난봄을 기억한다

지난여름 일어난 모든 일들을
단디 여문 상자에 담아
알록달록 곱게 포장하여 내민다

매일을 쓸고 담는 부지런함으로
발을 재개 놀려
흔적을 지우고 자리를 내어 준다

그것이
여름의 일
해야만 하는 여름의
마지막 일

어둠이 딸깍

환하게 켜진 저녁
별들이 학교에 갑니다

별 하나,
별 둘,
별 셋,

달님 선생님이 부르는 소리에
저 멀리서
지각생

별똥별 하나
허둥지둥
뛰어서 옵니다

그 마음 알아

"와! 벚꽃 폈다!"
매화나무 아래서 소리치는 사람들을
묵묵히 내려다보는 매화

나는 그 마음 알아

"재연이니? 재현이니?"
헷갈리는 사람들한테
나도 매번 답해 주기 귀찮아서 그냥
"네" 해 버리고 말거든

달팽이의 가을

가을이 짧은지 긴지는
달팽이에게 달려 있지요

달팽이가
노오란 은행잎 위를

    오
꼬   물   오
        꼬   물

다 기어가고 나면

숨 참고 기다리던 가을이
파～
숨을 뱉지요

도토리 가출하다

툭
또로로로로

도토리
상수리나무에서 떨어져
굴러간다

데굴데굴
데구루루
울면서 굴러간다

'나는 도토리인데
왜 우리 아빠를 상수리나무라고 부르는 거야!'

밤새 잠 못 이루던 도토리
가출을 감행하다

자연이 보낸 카드

너무 열심히 살고 있다
이대로 가다간 터져 버린다

경고! 노랑 은행잎이 노란 카드를 빼어든다

수북이 쌓인 경고장을 밟고
학교로 회사로
꾸역꾸역 몰려드는 좀비들

퇴장! 단풍잎이 빨간 카드를 날린다

'우어어어어어'
온몸에 빨간 카드를 뒤집어쓰고
우왕좌왕하는 좀비들

머리 위로 폴폴 하얀 눈이 내린다

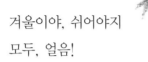

겨울이야, 쉬어야지
모두, 얼음!

가슴에 초록 심장을 품다

황수대 (문학박사, 아동문학평론가)

1.

초록은 무지개의 일곱 색깔 중 하나이자, 파랑·빨강과 더불어
빛의 삼원색 가운데 하나로 색 중에서 가장 눈에 잘 보인다. 이러
한 초록은 인류문명에서 오랜 시간 자연과 생명, 풍요와 번영, 성
장과 평화를 상징하는 색으로 쓰였다. 하지만 중세 미술과 현대 영
화에 등장하는 악마의 얼굴처럼 종종 질투와 위험을 상징하는 색
으로 사용되기도 했다.

홍재현의 동시는 한마디로 초록을 닮았다. "주먹만 한 심장을/
두근거리게 하는데/손바닥만 한/초록 잎 한 장이면/충분"(「초록 심
장」)할 만큼, 그의 동시는 익숙한 듯하면서도 낯설게 다가온다. 기
존의 동시와는 다소 결이 다른 발상과 표현으로 독자의 마음을 팔
딱이게 만든다. 『고래가 온다』는 홍재현의 두 번째 동시집으로 그
와 같은 특징을 잘 보여준다.

2.

상상력은 시의 근간이다. 이는 경험하지 않은 어떤 사물이나 현상을 머릿속에 그려 보는 능력으로, 시의 성패에 있어 무척 중요한 요소이다. 실제로 상상력은 어떤 대상에 대한 새로운 인식을 촉발하거나, 개개의 사물이 지닌 구체적인 속성이나 다른 사물과의 유사성을 파악하는 데 많은 도움을 준다. 그 결과 기존의 상투적이고 관습적인 사고나 시각에서 벗어나 자신만의 참신하고 독창적인 아이디어를 생산할 수 있도록 만들어 준다.

누가
밤하늘을 꽈악 잡고 있나 보다

까만 밤하늘 손바닥에
하얀 손톱자국

꾸욱 참고 또 참고
밤새 참았나 보다

새벽이 다 되어서야
꽉 쥐었던 주먹을 풀었다

허연 손톱자국에
바알갛게 피가 돈다.

—「손톱자국」 전문

이 동시는 손톱달을 형상화한 것이다. 손톱달은 초승달이나 그믐달같이 손톱의 끝부분처럼 가느다랗게 이지러진 달을 가리키는 것으로, 그동안 자주 동시의 소재로 사용되었다. 따라서 소재면에서는 그다지 새로울 게 없다. 하지만 시인은 시적 대상에 대한 새로운 인식과 참신한 상상력으로 또 다른 모습의 손톱달을 창조해내고 있다. "누가/밤하늘을 꽈악 잡고 있나 보다"에서 보듯이, 이 동시는 상상력의 크기가 남다르다. 특히 마지막 연의 "허연 손톱자국에/바알갛게 피가 돈다."와 같이 비장미가 물씬 풍기는 이미지가 무척 인상적으로 다가온다.

은하수
물결을 헤치며
고래가 온다

펑펑
터지는 폭탄들
뿌연 연기에 갇힌
지구를 삼키러
고래가 온다

"꾸울꺽"

고래 배 속에 갇힌 사람들이
그제야 피노키오처럼 울부짖으니

불타던 지구가
사람들의 눈물로 식는다

어디다 뱉어 줄까
입안에서 지구를 굴리며
고래가 헤엄쳐 간다

─「고래가 온다」 전문

　그 점은 이 동시도 마찬가지이다. 1연의 "은하수/물결을 헤치며/고래가 온다"에서 보는 것처럼, 이 동시는 그 시작부터 압도적인 규모의 상상력으로 독자의 시선을 사로잡는다. 시인은 이 시에서 '고래'를 등장시켜 주제 의식을 극대화하고 있다. 고래는 고대로부터 신성하고 강력한 존재로 여겨져 왔으며, 현대에서는 환경보호의 중요한 상징이자 환경 파괴에 대한 경고로 곧잘 사용되고 있다. 화자의 진술이 구체적이지 않아 메시지가 다소 불명확하지만, "펑펑/터지는 폭탄들" "뿌연 연기" "고래 배 속에 갇힌 사람들" "불타던 지구" 등의 이미지를 통해 시인의 의도를 파악하는 데에는 큰 무리가 없어 보인다.

　이처럼 홍재현의 동시는 상상력이 활달하고, 주제 의식이 강하다. 여기에 다양한 비유와 상징 등의 표현기법을 통해 시적 효과를 높이고 있다. 그 결과 여느 동시와는 다른 즐거움과 감동을 선사한다. 이런 사실은 시인으로서의 그의 재능이 어느 정도인지를 짐작할 수 있게 해 준다.

3.

예나 지금이나 동시를 바라보는 사람들의 시각은 매우 제한적이다. 그 가운데 하나가 바로 동시는 착해야 한다는 것이다. 이는 동시가 아이들에게 읽힐 목적으로 창작되는 만큼 작품에 등장하는 인물이나 내용이 도덕적이어야 한다는 생각에서 비롯된다. 이런 생각은 일반 독자나 동시를 쓰는 시인들이나 별반 차이가 없다. 그렇다 보니 소재도 한정적이고, 내용도 대동소이해서 개성 있는 작품을 찾아보기가 어렵다.

하지만 그와 같은 생각은 예술로서의 동시와는 거리가 있다. 왜냐하면 진성한 예술적 아름다움은 기존의 질시를 맹목적으로 추종하는 것이 아니라, 주관적 인식이나 통찰 과정을 거쳐 새로운 의미나 가치를 발견하는 것이기 때문이다. 즉, 익숙한 것과의 결별을 통해 새로운 길을 모색해 나가는 것이기 때문이다. 그런 점에서 홍재현의 동시는 한 번쯤 주목해 볼 필요가 있다.

선생님,
이번 시험 점수는요
60점이에요
제가 아니라 선생님이요

제가 공부한 거
10개 중에 6개밖에 못 맞추셨어요

다음 시험에는

제가 뭐 뭐 공부했나 다 맞춰 보세요

딱 10개만 외울 거니까

—「선생님, 시험 점수」 전문

이 동시의 매력은 의표를 찌르는 발상과 전개에 있다. 제목에서 보듯이, 이 동시에서는 통념을 깨고 학생이 선생님을 평가한다. 즉, 현실과는 정반대인 일종의 역할 바꾸기를 통해 재미를 유발하고 있다. 시험에서 60점을 받은 화자는 점수를 부끄러워하거나 주눅이 들기는커녕 시험 문제를 낸 선생님에게 "제가 공부한 거/10개 중에 6개밖에 못 맞추셨어요"하고 말한다. 그리곤 다음 시험에서는 "딱 10개만 외울 거니까" 다 맞춰 보라고 말한다. 이런 화자의 태도는 당돌하다 못해 발칙하기까지 하다. 그런데도 전혀 미운 구석이 느껴지지 않는다. 오히려 통쾌함이 느껴진다. 이는 그동안 우리 동시에서는 거의 찾아보기 힘든 캐릭터가 아닐까 싶다.

민들레 마을이 난리가 났어요
분홍 민들레 하나 피었거든요

얘는 도대체 누구지
우리 민들레 가문에 이런 분홍은 없는데
엄마 민들레는 노랑 눈물 뚝뚝 흘리고
할머니 민들레는 흰머리 도리도리 흔들고
아빠 민들레는 남이 볼세라

분홍 민들레 얼굴에 노란 꽃가루를 박박 문질렀어요

분홍 민들레는 생각했어요
나는 노랑 민들레가 아니야
진달래는 더더욱 아니겠지

그렇다면 찾아갈래
다행히 나는 날 수 있는 프로펠러가 있어
노란 꽃가루 따위 얼굴에 바르지 않아도 되는
분홍 민들레가 피어도 괜찮은 늘판으로
나는 날아갈래

—「분홍 민들레」전문

　알레고리는 어떤 주제를 표현하기 위해 다른 주제를 사용하여 그
유사성을 넌지시 드러내는 수사법으로 흔히 어떤 대상이나 현상을
비판할 때 주로 사용한다. 이 동시는 그 대표적인 예로 많은 의미
를 함축하고 있다. "민들레 마을이 난리가 났어요/분홍 민들레 하
나 피었거든요"에서처럼, 이 동시에 등장하는 분홍 민들레는 특이
한 존재이다. 가문 전체가 노란색 얼굴인데, 혼자만 분홍색 얼굴을
지녔기 때문이다. 그로 인해 분홍 민들레는 마을에서 천덕꾸러기
대접을 받는다. "아빠 민들레는 남이 볼세라/분홍 민들레 얼굴에
노란 꽃가루를 박박 문질렀어요"에서처럼, 심지어 가족에게조차
존재를 부정당한다. 그런데도 분홍 민들레는 절망하거나 포기하지
않는다. "노란 꽃가루 따위 얼굴에 바르지 않아도 되는/분홍 민들

레가 피어도 괜찮은 들판으로/나는 날아"가겠다고 말한다. 이런 분홍 민들레의 행동은 그의 존재를 부정하는 어른들 즉, 아빠와 엄마 그리고 할머니의 행동과 대비된다.

이처럼 홍재현의 동시에 등장하는 인물들은 특별하다. 대체로 자유분방하고, 개성이 넘치고, 주체적이다. 때로는 반골 기질을 보이기도 한다. 정숙해야 할 도서관에서 만화책을 펼쳐놓고 깔깔깔 웃기도 하고(「용감한 녀석」), 하수구에서 꽃을 피웠다고 자신을 비행 청소년이라고 낙인찍은 사람들을 비웃기도 하고(「하수구 민들레」), 버려져 아무도 찾지 않는 절망적인 상황에서도 꿈을 포기하지 않는다(「플라스틱 물통의 꿈」). 이들은 그동안 동시에서 만났던 소극적이고 수동적이고 모범적인 아이들의 모습과는 사뭇 다르다. 그런 만큼 새롭고 신선하다.

4.

홍재현의 동시에서 또 하나 눈여겨볼 대목은 익살스럽고 유머가 넘치는 작품이 많다는 점이다. 잘 알다시피 익살이나 유머는 남을 웃기려고 일부러 하는 우스꽝스러운 말이나 행동을 뜻한다. 이는 하나의 창조적 정신활동으로 문학에서 재미를 유발하거나 분위기 전환을 위해 자주 사용된다. 하지만 자칫 잘못 사용하거나 지나치게 남발하게 되면 진정성이 의심받는 등의 역효과를 가져올 수 있어 신중하게 사용할 필요가 있다.

부릉부릉
시동을 켜고 콧구멍 앞 정지선에 섰다

후루루룩 헙!
있는 힘을 다해 튀어나가려는 본능을 누른다

나 모범 오토바이
수업 끝 알리는 파란불이 켜지면 번개처럼 튀어나가리

딩동댕–동!
수업 끝!

흥! 시원하다~

—「모범 오토바이」 전문

이 동시는 "부릉부릉/시동을 켜고 콧구멍 앞 정지선에 섰다"에서 보듯이, 콧물을 오토바이에 빗대어 재미있게 표현하고 있다. 이미 경험해 본 사람은 알겠지만, 코에서 콧물이 흐를 때의 그 답답함은 이루 말할 수 없을 정도이다. 그런데도 "후루루룩 헙!/있는 힘을 다해 튀어나가려는 본능을 누른다"에서처럼, 이 시에서 화자인 콧물은 수업이 끝날 때까지 애써 참는다. 그 이유는 바로 "모범 오토바이"이기 때문이다. 즉, 수업 시간이라 다른 사람들에게 피해를 주면 안 되기 때문이다. 그런 화자에게 "딩동댕–동!" 수업이 끝났음을 알리는 종소리가 얼마나 반가웠을지는 충분히 짐작이 가고도 남는다.

"어머님, 애들이랑 이번 주말에 내려갈게요."

대청마루에서
깜빡 낮잠 들었던 곶감 할머니
화들짝 분통을 꺼내 든다

허둥지둥
뽀얀 분을 바른다

―「곶감 할머니」 전문

그 제목에서 보듯이 이 동시는 곶감을 노래한 것이다. 비록 전체
가 3연 6행으로 이루어진 짧은 분량이지만, 그 재미는 그 어떤 작
품보다 작지 않다. 특히 이 동시에서 흥미로운 것은 "대청마루에서
/깜빡 낮잠 들었던 곶감 할머니/화들짝 분통을 꺼내 든다"에서 보
듯이, "곶감 할머니"를 중의적으로 표현하고 있다는 점이다. 즉,
곶감 할머니가 사람의 별명인지 아니면 껍질을 벗겨서 꼬챙이에
꿰어 말린 감을 의인화한 것인지 모호하게 처리함으로써 상당한
시적 효과를 거두고 있다는 점이다. 만일 그것이 사전에 의도한 것
이라면, 이는 시인의 시적 재능이 보통 솜씨가 아니라는 것을 말해
준다. 일상 속 소소한 풍경을 소재로 해서 가족 간의 따뜻한 사랑
을 잘 형상화한 작품이다.

이들 외에도 "낮잠 주무시는 할아버지 코밑에/송충이가 한 마
리"(「송충이」), "자, 묵직한 코코아컵에/케케묵은 걱정 가루 세 순
갈"(「코코아 처방전」), "애꾸눈 늑대/누굴 노리나"(「초승달」) 등 홍재현의

동시에는 재미있는 표현들이 많이 등장한다. 물론 "반딧불보다 작고 작아진 나는/반딧불보다 큰 눈물을 흘리며/흔들리고 흔들렸다"(『반딧불이가 나에게』)처럼 제법 분위기가 무거운 작품도 더러 있지만, 홍재현의 동시는 전반적으로 분위기가 밝고 경쾌한 편이다.

5.

홍재현은 올해로 등단 4년 차를 맞은 시인이다. 시력은 그리 길지 않지만, 왕성한 창작활동과 더불어 뛰어난 시적 재능으로 현재 주목받고 있는 시인 가운데 하나이다. 앞서 살펴본 바와 같이 홍재현의 동시는 대체로 주제 의식이 강하고, 상상력이 무척 활달하다. 게다가 작품에 등장하는 인물들의 개성이 강하고, 익살스럽고 유머 넘치는 내용이 많다. 이는 기존의 동시와 구별되는 것으로, 우리 동시의 지평을 넓히는 데 일조하고 있다.

"시키는 대로 하기 싫은 사람/이것도 저것도 다 마음에 안 드는 사람/모두 모두 타세요!"(『삐딱선』)는 이번 동시집에서 가장 인상 깊었던 작품이다. 이는 평소 홍재현이 독자에게 들려주고 싶었던 말로 이 동시집의 핵심 주제이자, 동시 창작과 관련하여 시인이 자신에게 건네는 말이 아니었을까 하는 생각이 들었다. 그래서인지 벌써 다음 시집은 또 어떤 모습일지 기대된다. 부디 많은 이들이 이 동시집을 읽고 가슴에 초록 심장을 하나씩 품고 살았으면 좋겠다.

시읽는 어린이